Yf 7582

LA

PROMENADE

DE

SAINT SEURIN,

OU LE

BANQUIER DUPE'.

Comedie en trois Actes,

Precedée d'un Prologue.

1722.

Y. 5831.

+A

ACTEURS
du Prologue.

LE CHEVALIER DE LA GARONNE,
parlant Gascon

L'AUTEUR DE LA PIECE.

UN ACTEUR de la Piece,

UNE ACTRICE de la Piece.

LE MACHINISTE,

LE MOUCHEUR DE CHANDELLES.

Le Prologue se passe dans la Chambre.

A

MADAME LA MARQUISE

DE LA CAZE,

PREMIERE

PRESIDENTE

A BORDEAUX.

MADAME,

J'avoüerai que c'est une grande hardiesse d'oser vous dédier un Ouvrage si peu digne de paroître à vos yeux; mais la genereuse permission qu'il vous a plû m'accorder ranime mon espoir, fondé sur toutes les bontez que vous avez pour les Spectacles : Et comme cette petite Piece a besoin de protection, je crois la trouver sur le favorable secours que vous m'accordez. C'est me flater un peu trop de l'esperer ; souffrez donc, *MADAME*, qu'avec toute la soumission qui vous est düe, je me borne au seul bonheur de meriter l'avantage de publier cet honneur, & me dire, avec un trés-profond respect,

MADAME,

Votre trés-humble, trés-obéïssant
& redevable Serviteur,
PETIT.

PROLOGUE.

Le Théâtre represente une Sale.

SCENE PREMIERE.

LE CHEVALIER de la Garonne, ayant une bandoliere garnie de toutes sortes de sisslets, & un manteau.

LE CHEVALIER.

H par la sandis, nous bairons un pu, nous bairons qui l'emportera de ce velistre d'Autur où de moi ; il berra ce que c'est que de refuser quelque chose au Chebalier de la Garonne, cadedis ; & graces à mes precautions, me boici muni des armes qui font la terreur des pieces de semblables Auturs ; ce maros bien d'en composer une qui se doit representer aujourd'hui, à ce que les Comediens & ce sat d'Autur esperent ; mais bentre, je l'en empêcherai, si je puis : He donc, il me semble que je ne bois pas le Partere faire grand fracas ; mais il n'est pas fort tard, je beux m'informer si l'on commencera vientôt. Hola, ho ! Comediens, Comedienes.... Que Diable, personne ne paroit ? Ho : cadedis, je bais

crier fi fort que l'on biendra : Hay , Comediens , Machinifte , Mouçhur de Chandelles :
Hé donc. . . .

SCENE II.

LE CHEVALIER, LE MACHINISTE,
ayant fon fiflet à la boutonniere , courant fur
le Chevalier , & le fait prefque tomber.

LE MACHINISTE

A Qui Diable en voulez-vous , pour tant
crier ? Vous m'avez fi fort étourdi , que
je me fuis prefque caffé le col en chemin. He-
bien , de quoi s'agit-il ?

LE CHEVALIER.

Il s'agit que tu n'es qu'un fat de Mouchur
de chandelles qui ne prends pas garde comme
tu bas ;& qui crois courir aprés quelque luftre
pour le moucher.

LE MACHINISTE *en colere.*

Parlez donc , ho , Monfieur , tel que vous
foyez , aprenez à me connoître ; regardez
les armes de ma qualité. Me reconnoiffez-vous
à cette marque ? . . .

lui montrant fon fiflet.

Parbleu , je vous admire de prendre un Machinifte pour un Moucheur de chandelles ; il
faut être de votre village , & auffi noviffe , à
faire de pareilles bevûës.

LE CHEVALIER.

Hé , là , là , ne te fàches point , la bevûë
n'eft pas fort grande ; dis-moi un pu , de
quel pays es-tu ?

LE MACHINISTE.

Provençal , entendez-vous ? Et vous , à ce
que

que je puis entendre, de la Garonne, n'eſt-
ce pas.... Mais je croy, à voir ce que vous
portez, que vous êtes un marchand de ſiflets;
Hé, dites-moi, Monſieur de la Garonne, venez-vous ici pour en vendre à ces Meſſieurs
du Partere; vous pourriez vous attirer quelque influence ſi l'Auteur a des amis là-bas,
prenez-y garde.

LE CHEVALIER.

Tu te moques, je crois, je n'ai fait cette
proviſion que pour mes amis, qui ſont les en-
nemis de ce faquin.

LE MACHINISTE.

Fort-bien, mais je m'amuſe ici un peu trop
& ne ſonge pas à mon affaire, adieu, juſ-
qu'au revoir.

SCENE III.

LE CHEVALIER, UN ACTEUR.

LE CHEVALIER

Adious: Et bentrebleu que bois-je ? c'eſt un
bibant de mes amis: Hé donc, mon cher;
joüës-tu dans cette Piece ? dis.

L'ACTEUR,

Ouï Monſieur le Chevalier, mais, avec vôtre permiſſion, quel drôle d'équipage portez-
vous là ? Etes vous devenu Marchand de ſiflets?
Car vous en voilà aſſez bien garni à ce que
je vois; Hé, dites moy, qu'en voulez-vous
faire dans ce lieu;

LE CHEVALIER.

En fournir & donner à tous mes amis qui
bont ſe rendre ici.

L'ACTEUR.

Teſte, nous aurons donc bonne aſſemblée,

ne craignez vous point ceux de l'Auteur.

LE CHEVALIER.

Et cadedis, mon cher, quel diantre d'amis beus-tu que ce fat puiſſe aboir ? C'eſt, par la ſandis, un plaiſant original abec ſa piece qui ne baut pas le Diable, je bais la décrier debant tous les ſpeČtaturs; y berra un pu.

L'ACTEUR,

Mais que vous a-t'il donc fait, pour avoir attiré la haine d'un Chevalier auſſi redouté que vous, puis-je le ſçavoir ?

LE CHEVALIER.

Ouï da ; coume étant de mes amis je n'ay rien de caché pour toy, mon cher, boici en pù de mots le ſujet qui m'anime.

Tu ſçauras que mourant d'enbie de boir la Piece que ce velitre a compoſé, je l'abertis par une lettre que je me rendrois chez lui dans pù de jours, ſi cela ne lui faiſoit pas de la peine, il ne me fit aucune réponſe; mais impatient coûme je ſuis, j'y fus, malgré le maubais tems, car il plùboit vien fort ; & troubant la porte fermée, je frapai un pu rudement à la berité ; & boyant que perſoûne ne benoit oubrir, aprés aboir attendu tiés-long-tems, moüillé coûme un canaïd, je redoublai d'une telle ſorte, que ſi cette porte n'aboit pas été auſſi forte, je l'aurois jettée à vas ; il biat enfin lui-même oubrir, & me dit tout en colere; pourquoi, diarle frapez-bous de la ſorte ? Croyez-bous que ma maiſon reſſemble à la bôte, & qu'elle ſoit au milieu d'un vois ; l'on diroit au viuit que bous faites que le fu ſoit dans le boiſinage; il ne faudroit que bous pour mettre tout le cartier en allarme. Je boulus ſur le champ lui en faire mes excufes , & entrer chez lui, pour me mettre à coubert du maubais tems , mais il ne boulut pas m'écouter , & me jetta fi rudement fa porte fur le nez , que je crus l'aboir tout fracaffé ; le bent ful m'en fit tomber mon chapeau par terre; il fe ret'ra ainfi en bomiffant contre moi mille impertinences : c'eft là tout ce que je pûs tirer de lui. Et vien , que dis-tu de ce maros ? un pareil affront ne merite-t-il pas qu'on en tire bengeance, dis ? je t'en fais le Juge.

L'ACTEUR.

Cela eft, à vrai dire un , peu choquant & vous couriez rifque d'avoir eu le même fort qu'eut autre fois le pauvre Baron de la Craffe lorfqu'il fut en Cour pour voir le Roy , où fes cheveux refterent à la porte ; mais je crois que le voici avec une Actrice de la Piece; écoutons quel fera leur entretien , c'eft aparemment pour faire commencer; cependant fi vous voulez m'en croire, tâchez de vous moderer un peu.

LE CHEVALIER.

Je fuis fandis pourtant vien outré , il fuffit , nous allons boir la fuite.

SCENE IV.

LE CHEVALIER, UN ACTEUR, UNE ACTRICE.

UNE ACTRICE.

QUE diantre , Monfieur l'Auteur , laiffez-moi avec votre Piece , je voudrois , morbleu que vous fuffiez bien loin d'ici , vous ne faites que crier fans ceffe contre tous les Acteurs & Actrices; parbleu donnez-vous patience, ou bien... *Apercevant Merlin.*

Ah, ah, que faites-vous donc ici à vous amuser à discourir avec Mr. le Chevalier? Ne voyez-
vous pas qu'il est temps de s'habiller pour
commencer? Et voilà Mr. qui depuis une heure ne cesse de crier. He bien veut-on commencer? Me voilà prête: Mais que vois-je?

Regardant le Chevalier.

He morbleu, Mr. le Chevalier, en quel équipage vous voilà? vous êtes sans mentir plai-
samment déguisé; & dites-moi un peu où allez-
vous avec tous ces Instrumens? y a-t-il par
ici prés quelque Concert de Musique sauvage
où vous alliez jouer votre rolle? ou peut-être
vous allez donner quelque serenade à vos Mai-
tresses; n'est-ce pas?

LE CHEVALIER.

Justement, je biens ici pour donner une petite serenade à Monsieur que bois-là. Et donc,
nostre amis, me boici maintenant; & bous
bous soubiendrez par la sandis tout à l'hure
de m'aboir jetté botre porte sur le nez; je béux
bous apprendre qui je suis, & bous faire connoître que bous n'êtes qu'un sot & un Autur
ignorantissime.

UNE ACTRICE.

Un Auteur ignorantissime! Comment donc,
Monsieur le Chevalier, quel est votre dessein,
pour insulter ainsi Monsieur? Voudriez-vous
vous battre contre lui? le parti n'est pas égal,
vous avez une épée & Mr. est sans armes; mais
vous devriez craindre que sa plume ne se ven-
geât à loisir de l'insulte que vous lui faites ici,
& ne publiât vos petites fredaines.

LE CHEVALIER.

Que dites-bous de fredaines, Mademoiselle, ferbez-bous d'autres termes, je fuis incapavle de faire aucune fredaine, cela eft von à Mr. que je crains auffi pu que fa plume.

L'AUTEUR, *en riant.*

Ah, ah, ah ! à vous entendre, Monfieur de la Garonne, je dois donc bien vous redouter ? Sçavez-vous mon petit Chevalier fait d'un ruiffeau fortant de la Garonne qui paffe devant votre vieille mafure & donne le nom à la Seigneurie invalide dont vous voilà à prefent fi mal illuftré, que je vous crains fort peu avec votre brète au côté : Parbleu il femble à ce beau Chevalier que l'on ne fçache pas d'où il fort, & qui font fes Ancêtres.

LE CHEVALIER.

Je fuis, bentre vleu, d'ancienne Novleffe, & je fors d'une illuftre Maifon ; mes Ayeuls fe font fignalez à l'Armée & dans les Sieges, entendez-bous ?

L'AUTEUR.

Il eft vrai ; car votre Grand-Pere eft mort au fameux Siege de Montauban, en portant une hotte de terre qui le fit tomber dans un foffé, d'où il ne put fortir.

L'ACTRICE.

Comment donc, Mr. le Chevalier, vous fortez d'une naiffance auffi illuftre ? je vous en felicite.

L'AUTEUR.

Pourquoi diantre auffi vient-il me rompre en vifiere, & vouloir détruire ma piece ? qu'il laiffe aller fon cours, & je laifferai aller celui de la Nobleffe, fi non je fuis prêt à re-

C

commencer.& je vais continuer à faire fa ge-
néalogie dans toutes les formes, & felon fon
origine naturelle.

L'ACTEUR.

Or-ça, Monfieur le Chevalier, Mr. a raifon ;
il veut bien laiffer en paix ce qui refte de vos
Ancêtres, mais auffi laiffez aller paifiblement
fa Piece, il me femble que cela eft fort jufte :
N'eft-ce pas Mademoifelle ?

L'ACTRICE.

Il eft vrai auffi, Mr. le Chevalier, & Mr. fe
met à la raifon ; ainfi plus de conteftations
entre vous deux, & quittez-moi cette bandoliere, fi donc, on vous prendroit pour un
Marchand de fiflets.

LE CHEVALIER.

Ha ! Mademoifelle, qu'il doit bous aboir
de grandes ovligations ; & qu'il eft heurux
que j'aime botre Troupe ; mais nous autres
Chebaliers de la Garonne fommes affez de-
vonnaires ; & bous allez, ma charmante en
éprouber un échantillon.

L'ACTRICE.

Commencez donc, pour me le prouver, à
faire plaifir à Monfieur, & défarmez-vous de
cette bandoliere, comme je vous ai deja dit ;
en fecond lieu, écoutez tranquillement fa Piece, applaudiffez-la, & priez tous vos amis
d'en faire de même, fi vous en avez autant
que vous le dites.

L'ACTEUR.

Cela eft vrai, Mr. le Chevalier ; il faut faire plaifir à fes amis.

LE CHEVALIER.

He, cadedis, je ne l'ai que trop fait ; mais

il ne faut pas qu'une novleſſe comme la mienne déroge. Tenez, ma princeſſe, me boila déſarmé, je bous les abandonne.

Il tire ſa bandoliere & la met à ſes pieds.

C'eſt donc en bôtre fabur que me boila ſans armes : touchez là veau ſire & remerciez cette Dibinité du Théatre. Dis donc ma chere quel perſonnage jouë tu dans la Piece.

L'ACTRICE.

Celui de la Soubrete, Monſieur.

LE CHEVALIER.

Et toy, nôtre ami, c'eſt ſans-doute le premier Comique.

L'ACTEUR.

Je le croy de même, Monſieur le Chevalier ; mais il eſt temps de commencer : allons, Mademoiſle, ne faiſons point attendre je crois que tout eſt prêt. Hay, Janot.

SCENE V.

LE CHEVALIER, L'AUTEUR, UN ACTEUR, UNE ACTRICE, LE MOUCHEUR DE CHANDELLES.

L'ACTEUR.

Tout le monde eſt-il prêt ? Va voir & revien.

LE MOUCHEUR.

Monſieur, tout eſt prêt, il ne manque qu'à moucher les Luſtres.

L'ACTEUR.

Hé bien, dépêche donc, & que l'on change le Théatre pour la Piece.

LE MOUCHEUR.

Tout-à-l'heure, Monſieur, place au Théatre.

L'ACTEUR.

Fort-bien : allons , Mademoiſelle , allons.

L'ACTRICE.

Allons Monſieur , ſans adieu , Monſieur le
Chevalier, ſoyez bon Prince, & ſongez à nous
tenir parole au moins.

LE CHEVALIER.

Oü , ouï , ma Reyne ne t'en mets point
en peine , & tu bas boir.

SCENE VI.

LE CHEVALIER L'AUTEUR.

LE CHEVALIER.

HO-ça entre nous deux point de rancune ;
mais plus de porte au nez , entens-tu ?
& je bais deſcendre au partere pour prier ces
Meſſieurs d'aplaudir comme moy ta piece, &
laiſſer paſſer quelques défauts s'ils y en trou-
vent , ſans adieu.

SCENE DERNIERE.

L'AUTEUR AU PARTERE.

C'Eſt maintenant à vous, Meſſieurs à qui j'ay
recours , vos armes ſont bien plus à craindre & à redouter que celles dont étoit armé
ce Chevalier, & vous n'étes pas ſi faciles à
déſarmer ; Mais enfin ſi les prieres d'un malheureux Auteur peuvent avoir un aſcendant ſur
vos eſprits , j'eſpere quelque ſuccez dans un
peu de part en vos genereuſes approbations :
je ſçai que c'eſt trop ſe flater que d'oſer meriter la réüſſite d'une Piece dont le ſujet n'eſt
ſondé que ſur peu de choſe ; & lorſque l'on
a vû paroitre ſur le Théâtre d'une auſſi celebre

Ville comme celle-ci, des ouvrages plus dignes
de l'attention de tant de beaux genies, & sur-
tout parfaitement connoisseurs ; c'est dans celle-ci que je dois aprehender pour sa réüssite, &
ce qui m'oblige à être par avance redevable
aux bontez que vous allez m'accorder, de publier avec zéle les petits interêts que vous
voudrez bien prendre à laisser passer ce qui
pourroit vous obliger à la critiquer, c'est en
un mot tout ce que j'attens de vous, Messieurs,
& dans cette esperance je me retire.

FIN DU PROLOGUE.

ACTEURS
de la Comedie.

Mr. PLANTINET, riche Banquier des Chartrons.

ERASTE, fils de Plantinet, Amant d'Angelique.

DORANTE, Officier, neveu de la Baronne, Amant de Marianne & frere d'Angelique.

Mr. TATEPOULX, fils d'un riche Medecin d'Angoulême, promis à Marianne.

Madame la BARONNE, Tante de Dorante & d'Angelique, amoureuse d'Eraste.

ANGELIQUE, niece de la Baronne, sœur de Dorante, amante d'Eraste.

MARIANNE, fille de Mr. Plantinet, & sœur d'Eraste, Amante de Dorante.

MERLIN, Valet d'Eraste.

MARTHON, Servante de la Baronne.

LA TAILLADE, Sergent de la Compagnie de Dorante.

THIBAUD, Fermier de Mr. Plantinet.

CATHAU, femme de Thibaud.

M. de BONNE-CONSCIENCE, Tabellion.

LA FLEUR, Laquais de Mr. Plantinet.

JAQUINET, fils de l'Hôte de la Rose couronnée.

FINETTE, sœur de Jaquinet.

Plusieurs autres Acteurs & Actrices pour les nôces.

La Scene est au Fauxbourg St. Seurin.

LA PROMENADE

DE

SAINT SEURIN,

OU LE

BANQUIER DUPE',

ACTE PREMIER.

*Le Théâtre represente le Fauxbourg Saint
Seurin, où il y a plusieurs Cabarets, &
dans le fonds paroit la maison de Monsieur Plantinet.*

SCENE PREMIERE.

ERASTE, *sortant du fonds.*

TANDIS que Thibaud prepare
tout dans la maison de mon Pere,
pour recevoir la Compagnie qu'il a
invitée à venir se divertir à sa
maison de Saint Seurin ; je viens
voir si ce maraut de Merlin ne paroit point, depuis plus de deux heures que je
l'ay envoyé à la Poste, il n'est pas encore de
retour. Je suis dans une impatience furieuse de
sçavoir s'il y aura des lettres pour moi : J'en

dois sûrement recevoir aujourd'huy de Dorante, dont ma Sœur Angelique & moi sommes fort en peine ; cependant par sa derniere, il me fit sçavoir qu'il seroit icy dans peu, ses affaires étant finies : Hé ! mais à la fin voicy Merlin.

SCENE II.

ERASTE, MERLIN *tenant plusieurs lettres, & un gros paquet.*

HE bien, as-tu des lettres pour moy parmi celles que tu tiens ? Repons.

MERLIN.

Doucement, Monsieur : Diantre, vous êtes bien pressé, laissez-moy du moins prendre haleine, & puis je vous repondray dans toutes les formes, & du mieux qu'il me sera possible.

ERASTE.

Vas-tu, à ton ordinaire, vouloir m'amuser par le recit de quelque sotise ? Donne-moy mes lettres seulement & au plus vîte, si tu en as.

MERLIN.

C'est bien dit: vous ne voulez-donc pas sçavoir d'où vient que j'ay tant demeuré à venir ? J'étois... ERASTE.

Dans quelque Cabaret à boire & à t'enyvrer. Laissons cela, & me donne mes lettres.

MERLIN.

Ho ! Monsieur, je n'ay pas eu assez de tems pour cela, mais tenez, puisque vous êtes tant pressé, les voilà.

ERASTE.

Tu fais bien ; donne ; Bon voilà justement ce que j'attends depuis long-temps ; le gros paquet & ces autres sont pour mon Pere; voyons

voyons, ha, ha ! en voicy une d'Angoulême;
c'est justement de mon pretendu Beau-frere,
M. Tâtepoulx le Medecin. Il faut qu'il ait ab-
solument fait partir son fils pour venir épouser
ma sœur ; mais voyons ce que Dorante me
marque par la sienne.   *Il lit sa lettre.*

            De Paris.

*Mon cher Ami je t'aurois écrit plûtôt si mes
affaires avoient été terminées. Je te fais sçavoir
par celle-cy que je part, & feray le plus de dili-
gence que je pourray. J'ay fait partir mon Sergent devant, qui ne manquera pas de t'aller
informer de toutes choses ; Je suis ton serviteur
& ami, DORANTE.*

Sa lettre me fait plaisir. Je voudrois de bon
cœur qu'il fut icy afin que nous puissions prendre des mesures ensemble, pour écarter notre Medecin d'Angoulême. Ho-ça, mon cher
Merlin, c'est maintenant qu'il faut montrer
ton zéle, & ton ardeur à faire briller ton
genie, & les grands talens que tu possede,
pour faire réüssir ces deux mariages en notre
faveur, & commencer dès à présent à chercher des associez pour ce dessein. Nous avons
déja Cathau la femme de Thibaud, le Fermier
de mon Pere.

            MERLIN.

Oüi. Mais ce n'est pas la principale piece
de notre sac, & dont nous avons le plus de besoin ; c'est son mari & la surveillante Marthen
que nous aurons peut-être bien de la peine à
reduire ; car elle est diablement interessée, je
vous en avertis... He, he ! voilà Madame Cathau, voyons ce qu'elle nous dira sur ce
que nous proposons : peut-être pourra-t-elle

            D

nous feconder dans cette entreprife : que
fçait-on ?

SCENE III.

ERASTE, CATHAU, MERLIN.

ERASTE.

HE ! c'eft toi ma cheré Cathau, viens-tu du logis?

CATHAU.

Oüi Monfieur, je vous dirai que tout fera bien-tôt prêt, voulez vous entrer? vous verrez comme cela s'avance.

ERASTE.

Non, non, mon enfant, je m'en fuis remis au foin de ton mari. Il n'eft point queftion de cela à prefent, il s'agit qu'il faut que tu nous prête les mains dans une affaire trés-ferieufe : Tu fçais que j'aime Angelique, fa Tante, Madame la Baronne la deftine à mon pere, & à cette condition me veut faire époufer la Baronne & donner ma fœur à Monfieur Tatepoulx, le fils d'un Medecin d'Angoulême de fes amis, qui ne tardera pas long-temps à être ici.

CATHAU.

Eh bien, que puis-je en pareille occurrence? parlez, vous fçavez que je fuis une affez bonne pâte de femme toûjours prête à faire plaifir quand je le puis.

ERASTE.

Cela eft vrai, c'eft, ma chere, qu'il faut tâcher de mettre dans nos petits interêts Maître Thibaud & Marthon, dont nous avons le plus grand befoin, par rapport à la Baronne & à fa Niece; & n'ayant point Marthon de nôtre côté

nous ne pourrons pas réuſſir dans ce que nous
voulons entreprendre.

CATHAU.

Oii vrayement, je vois cela ainſi que vous le
dites, à l'égard de Thibaud, j'en fais mon affaire ; mais pour Marthon, c'eſt autre choſe ;
cependant rentrez, allez un peu tenir compagnie à Thibaud, tandis que nous allons moy
& Merlin conſulter enſemble ſur les moyens
que nous pourrons trouver pour cela.

ERASTE.

Je vous laiſſe donc enſemble, ſans adieu.

CATHAU.

Juſques au revoir, Monſieur.

SCENE IV.

MERLIN, CATHAU.

CATHAU.

Çà, Monſieur Merlin, de quelle maniere
poırons-nous reüſſir auprez de cette Marthon, elle eſt donc bien dificile à gagner ; ex-
plique moy un peu comment il faudroit s'y
prendre pour la rendre traitable.

MERLIN.

Luy donner de l'argent ou des preſens ; car
elle eſt intereſſée en diable, étant comme ces
Suiſſes qui diſent ſouvent point d'argent point
de Suiſſe, ainſi envers elle c'eſt la même choſe, point d'argent ny preſent, ſerviteur &
point de ſervices : Voilà les défauts & les qua-
litez de la Dame en queſtion.

CATHAU.

Cela étant, il faut tacher que toy ou ton
Maître en trouve.

MERLIN.

Il n'eſt pas ſur que mon Maître en trouve facilement , quoique Monſieur ſon pere ſoit un riche Banquier , il eſt en recompenſe diablement ladre & vilain ; & nous ne pouvons faire aucun fonds de ce côté là , à ce que vois.

CATHAU.

Si pourtant faut-il voir comment on pourra faire, attend, je veux en le luy proposant moy-même la faire tomber dans le paneau , lui diſant que je luy repond d'une groſſe recompenſe ſi elle veut entrer dans nos interêts : qu'en dis-tu Merlin , je croi qu'il n'y a pas d'autre expedient que celui là.

MERLIN.

Tu dis vrai, pourvû qu'elle tombe à pareilles conditions.

CATHAU.

Je voudrois bien qu'elle vint à preſent que nous ſommes ſeuls & en liberté de parler.

MERLIN.

Je ne ſçai comment nous pourrons faire ; car elle ne quitte guere la Baronne ; ſi le hazard nous la lui pouvoit derober un moment, ce ſeroit un bon coup, & nous. . . . Ha parbleu le deſtin la conduit vers nous, la voici , & nous ſommes auſſi heureux que ſages, c'eſt à toy à commencer la converſation, abord de-la.

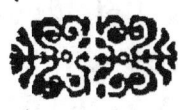

SCENE V.

MERLIN, CATHAU, MARTHON.
MERLIN.

NOus baisons de bon cœur les mains à l'aimable & charmante Marton.

MARTHON.

Je vous suis à tous les deux trés obligée de vos civilitez.

CATHAU.

Comment donc vous venez toute seule icy, où est Monsieur Plantinet, & sa compagnie ne viennent il pas?

MARTHON.

Pardonnez-moy, Monsieur Plantinet n'ayant trouvé personne de ses Domestiques chez luy, il m'a prié de venir un peu devant pour voir si Eraste a fait tout preparer.

CATHAU.

Ho! que oüi, tout est prêt quant il viendra.

Cathau fait signe à Merlin de parler le premier, à Marthon, & Marthon les appercevant.

MARTON.

He! dite-moy, que signifient tous ces gestes que vous faites ainsi.

CATHAU.

C'est, ma chere Madame Marton, que nous étions en peine, moy & Merlin, pour vous déclarer une confidence d'où dépend entierement le bonheur de quatre pauvres orphelins d'Amour qui sont dans l'esclavage; & qu'il ne tient qu'à vous de les en tirer, pourveu que vous vouliez mêler vos petits soins avec les nôtres afin d'y bien réussir.

E

Qui, moy? Hé comment donc cela? expli-
quez moy cette énigme là, car je n'y comprens
rien, je vous assûre.

MERLIN.

On va vous l'expliquer pourveu que vous
prometiez de la discretion, surtout en cas que
vous ne voulussiez pas vous joindre à nous.

MARTHON.

Mais vraiment à vous oüir on me croiroit
bien difficile sur de certains chapitres, expli-
quez moy seulement les choses comme il faut,
& ne vous mettez pas en peine, si les choses se peuvent faire je les ferai je vous assûre,
pourveu que j'y trouve mon petit compte : &
quoique je ne sois pas fort interessée, on ne
travaille point comme vous sçavez sans salaire,
ainsi parlez, à la discretion prés, je vous l'ac-
corde sans aucun interêt ; mais quant au reste, il faut voir.

MERLIN.

En ce cas voici en peu de mots de quoi il
s'agit; c'est de nous aider à faire réüssir le mariage d'Eraste avec Angelique, & celui de Dorante avec Mariane, & de détourner toutes
les précautions que pourra prendre Monsieur
Plantinet & Madame la Baronne, tu sçais que
Maître Paul Plantinet se destine pour lui Angelique, ta Maîtresse la lui a promise aux conditions d'épouser elle même Eraste, Mariane doit
épouser le fils de Monsieur Tatepoux, fameux
Medecin d'Angoulême, & ami de Monsieur
Plantinet? ce gendre pretendu arrive aujour-
d'huy, ainsi les momens nous sont chers ; c'est
à toy à present à décider si tu veux te resou-
dre à seconder nos soins, & meriter d'Eraste la

recompense d'une centaine de Pistoles.

MARTHON.

Je crois que ce n'est pas de l'argent bien
comptant du côté de ton maître, son pere
étant aussi Jadre qu'il l'est ne lui en fourniroit
guere pour une telle chose; écoute, je veux bien
vous faire connoitre les bons sentimens que
j'ay pour vous rendre service en ce cas & même
à fort peu d'interêts; mais aussi je veux une
bonne & valable caution, autrement point
d'associée sur de tels chapitres, c'est à vous
à la chercher maintenant.

CATHAU.

Nous ne serons pas long-temps à la trouver.
Me voulez vous bien prendre moy pour caution
& garant de la somme promise; voyez?

MARTHON.

Qui vous ? Mais je ne sçai pas ; hé . . . .

MERLIN.

Comment donc, Madame Marthon, vous ne
trouveriez pas Madame Cathau solvable pour
une somme aussi mediocre, & sçais tu bien,
ma chere enfant, quelle personne tu refuserois?
Je vois bien que tu ne connois pas à fonds les
illustres talens, & la grande réputation qu'a-
voit autrefois Madame Cathau dans tout le
Fauxbourg & la Ville même. Tien c'étoit la
coqueluche de tous les Cabarets d'ici; enfin on
ne parloit que d'elle, & chacun disoit, allons
à Figuerau chez Madame Cathau ; aussi les honnêtes Demoiselles de l'Opera lui avoient des
obligations toutes particulieres: c'étoit chez
elle que le rendez-vous étoit, & où les soupirans alloient recevoir le salaire promis dans
les coulisses; mais depuis que l'Opera est tom-

bé en ruine, faute de finance, & que ces Demoiselles ont pris le parti de ménager
chez elles le fonds de leurs soupirans
pour les faire durer un peu plus long-temps,
quoiqu'il y en ait encore quelques unes qui le
portent des plus haut; mais sitôt que cela
manquera, adieu, à l'Hôpital. Elle a pris le
parti comme tu vois, avec son mari de se mettre chez Monsieur Plantinet.

CATHAU.

En verité Monsieur Merlin l'éloge que vous
faites de ma reputiion, & de mes talens, me
rend confuse, & je ne merite pas que vous
me donniez tant de louanges; vous devriez en
conserver un peu pour vous; car vous sçavez...

MERLIN.

Hé! paix, silence sur cela & voyons de
finir nos affaires avec Marthon : hé bien és-tu
resoluë enfin de prendre Madame pour caution.

MARTHON.

Allons, tout coup vaille, puisque Madame
Cathau m'est caution; c'est à toy à present
à m'instruire du fait.

MERLIN.

Allez, Madame Cathaü rentrez, & dites à mon
maitre de descendre ici, tandis que je vais
informer Marthon par où elle doit commencer
à travailler.

CATHAU.

C'est bien dit, je me retire, & vais t'envoyer Eraste, sans adieu.

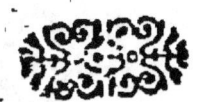

SCENE VI.

MERLIN, MARTHON.

MARTHON.

Or-ça, Merlin, voyons par qui tu veux que nous commencions.

MERLIN.

Je suis d'avis que tu commence par la Baronne ; à lui persuader qu'aussi-tôt qu'Eraste a eu apris par son pere qu'il étoit dans le dessein de le marier avec elle, qu'il en a montré une sensible joye, & t'a chargé très-expressément de lui faire compliment sur le choix que son pere a bien voulu faire à lui procurer une aussi illustre & aymable personne que Madame la Baronne de Bois sec.

MARTHON.

L'invention est assez passable pourvû qu'elle y tope.

MERLIN.

Ho! qu'elle y topera de reste, & quand des vielles folles comme elle sont aussi amoureuses de quelque jeune homme, il est bien facile de les faire donner dans tous les pieges qu'on leur tend en fait d'amour ; voilà donc le premier de nos artifices ; au reste, ce qui te regarde essenciellement & pour ton interêt, c'est que tu sçais-bien qu'Eraste n'est point en fonds d'argent, ainsi il me vient une bonne idée que tu peux faire reussir aisement, & la voici ; Lorsque tu auras déclaré à la Baronne les sentimens où est Eraste pour elle, tu lui feras connoître qu'il voudroit faire quelque dépense pour se bien mettre & faire figure, afin de lui faire honneur, sans en rien faire connoître à son pere.

MARTHON.

Mais, Merlin, songe-tu bien à ce que tu me propose? A t'entendre il n'y auroit qu'à fouiller dans la bourse de ma maîtresse ou la prendre entiere, n'est ce pas? Voilà ton idée, fort bien.

MERLIN.

Hé, Marthon, comme tu fais la scrupuleuse sur une bagatelle de même & aussi facile.

MARTHON.

Qu'apelle-tu facile? Voyez donc ce maroufle, ce n'est rien que d'atraper ainsi l'argent de sa maîtresse & la voler impunement? Va te promener & fai toy-même cette petite bagatelle, puisque tu es si habile.

MERLIN.

Ne te fâche donc point, Marthon, & soyons unis ensemble, tout ira bien, fai seulement ce que je te dis, tu verras que tu réussiras; je te repons du reste.

MARTHON.

Je crains bien que mon répondant & moy n'entrions dans une Barque qui pourroit nous couler à fonds tous les deux.

MERLIN.

Non, non, ma chere; elle arrivera à bon port; gouverne la hardiment, voici Eraste rentre pour attendre ta maîtresse, afin de faire ce que nous venons de projetter. jusqu'au revoir

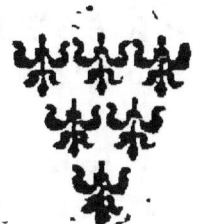

SCENE VII.

ERASTE, MERLIN.

ERASTE, regardant Marthon qui s'en va.

HE! di-moi, Merlin, Marthon paſſe bien
vîte.

MERLIN.

C'eſt moi qui l'ai fait retirer pour aller attendre la Baronne, afin de lui porter une bo-
te qu'elle ne pourra parer, ſi Marthon la pouſ-
ſe à propos ; mais auſſi cela part de là.

Il ſe porte la main ſur le front.

ERASTE.

On ne peut trop loüer le ſublime genie que
tu poſſede ; mais peut-on ſçavoir par où tu
commence à le faire valoir ?

MERLIN,

Ouy-da ; pourois-je refuſer de le dire à celui pour qui je l'exerce ? Ouy, ouy, je vais
vous ſatisfaire. En premier lieu, nous avons
réüſſi à faire tomber Marthon dans nos interêts;
ce n'eſt pas un petit avantage pour nous, dans
un tems où l'argent ne nous eſt pas fort com-
mun, ſurtout du côté de votre pere : Nous
avons donc gagné Marthon en lui promettant
une certaine ſomme, dont Madame Cathau lui
a repondu ; car ſans caution elle n'auroit rien
fait pour nous ; elle nous connoit, & elle
ſçait que nous n'avons pas de vieilles eſpeces;

ERASTE.

He-bien, en peu de mots fini donc, ſi tu
peux.

MERLIN.

Ho! patience; je n'ai encore dit que trois

mots & vous voulez que je finisse ; parbleu il
faut bien vous dire les choses comme elles
sont : Vous sçaurez donc que j'ai fait consen-
tir Marthon à persuader sa Maîtresse que vous
étiez charmé de ce que votre pere avoit resolu de vous marier avec elle , & que vous trouviez ce parti très - avantageux , que vous
étiez allé chez elle pour lui en témoigner votre joye, que ne l'ayant pas trouvée , vous
aviez chargé Marthon du compliment : Je crois
que cela nous menera un peu loin ; mais il faut
vous contraindre , & faire paroître une entiere estime pour la vieille Baronne, cela ne vous
coûtera pas grand chose.

ERASTE.

Tu le crois , j'aurai bien de la peine à contraindre mes veritables sentimens pour la
Vieille.

MERLIN.

Ha ! Monsieur, il le faut pourtant , pour
parvenir au comble de vos souhaits , & pour
nous faciliter notre entreprise ; de plus vous
n'avez point d'argent, & j'ai trouvé par là
le moyen d'engager la Baronne à nous en
fournir ; car l'argent est le grand ressort qui
fait mouvoir toutes les intrigues les plus diffi-
cilles , & qui rend tout possible ; sans cela ,
ma foi, avec tout mon esprit, on peut me mettre tout au long *nihil tenet* ; mais allez , retirez-vous, faites seulement ce que je vous dis,
& obéissez-moi, autrement. . . . .

ERASTE,

Mais Merlin. . . . .

MERLIN.

Ho ! pas tant de chansons, vous commencez
à m'ennuyer.

ERASTE.

Et bien, je me retire, mais songe du moins à venir à bout de ce que tu a commencé ; je te promets que tu seras content de moi.

MERLIN.

Reposez-vous sur moi.

SCENE VIII.

MERLIN seul.

MORBLEU, c'est un grand embarras que d'avoir de pareilles commissions sur les bras, & surtout quand on a affaire à un Maître comme le mien, qui n'a jamais le sol ; je le sers depuis huit ans entiers, sans sçavoir comment son argent est fait ; il me promet à la vérité beaucoup, & c'est là tout ce que j'ai de lui. Si je puis pourtant venir à bout de conclurre tous ces mariages, peut-être que j'en tirerai quelque chose ; car s'il avoit de l'argent il m'en donneroit, j'en suis seur, il est assez bon diable : mais son pere est un vilain ladre, qui ne lui donne jamais un denier ; aussi quelquefois nous sommes obligez de mettre en usage nos petits talens au clair de la lune ; & moi, tel que vous me voyez, j'ai failli plus de quatre fois me casser le col, en grimpant par les fenêtres ; & si Mr. Plantinet m'avoit découvert, il auroit bien pû me broüiller avec Madame la Justice. Voilà à quoi on est exposé quand on sert de pareils Maîtres ; mais enfin il faut prendre patience, le diable ne sera pas toûjours à la porte d'un pauvre homme ; & je vais de ce pas sçavoir si Marthon aura bien joüé son rolle auprés de la Baronne, & si nous aurons bientôt de l'argent ; car nous en avons diablement besoin.

F

ACTE II.

SCENE PREMIERE.

THIBAUD.

J'AVONS, je crois mis tout bian en ordre pour l'arrivée de notre Maître, Mr. Plantinet : quel deſſein pourroit-il avoir ? Ha ! par ſaubleu, le voila qui viant avec bonne compagnie ; que de fous & de foles ! ſans ce qui eſt dans la maiſon ; mais chut, *motus*, il faut les recevoir, comme étant ſon Fermier.

SCENE II.

Mr. PLANTINET, Madame la BARONNE, ANGÉLIQUE, MARIANNE, THIBAUD, LA FLEUR.

Mr. PLANTINET.

L E chemin d'ici aux Chartrons ne nous a pas ſort ennuyé, n'eſt-ce pas, Madame la Baronne ?

LA BARONNE.

Non vraiment, & je ferois encore une lieuë ſans me fatiguer : Ho ! je ſuis, telle que vous me voyez, des plus vigoureuſes à mon âge, n'eſt-ce pas ? parlez franchement Mr. plantinet.

Mr. PLANTINET.

Ho ! vertublen, auſſi bien que moi, nous

avons été verds en notre tems jadis.

LA BARONNE.

Qu'appellez - vous, en notre tems jadis ?
cela est bon à dire pour vous ; car pour moi
je ne parois auprès de vous qu'une femme de
quarante à cinquante ans ; & c'est là la fleur de
l'âge : Sçavez-vous bien que défunt Messire
Jean-Giles de Castillan, le premier de mes
Ancêtres, qui fut honnoré de l'illustre Baronnie
de Boissec vingt-trois ans après le déluge,
mourut à l'âge de cent trente-six ans huit mois
trois jours, & on l'auroit pris encore pour un
jeune cadet ; il falloit le voir monter un cheval
& aller à la chasse. Ho ! dame, je tire fort de
ce côté-là ; je voudrois que vous me vissiez tirer un coup de fusil. Il n'y a pas encore un
mois que je trouvai un jeune étourdi qui chas-
soit sur mes terres, il fut bien étonné de me
voir les armes à la main courir sur lui, & le
désarmer encore ; il est vrai qu'il ne fit aucune resistance, me voyant assez près de lui, &
le couchant enjoue ; ma seule prestance lui
fit mettre à mes pieds ses armes, que je lui
rendis après lui avoir fait une petite repri-
mande ; mais il me pria si gracieusement de
vouloir bien lui permettre de tirer au Renard,
que je ne pû lui refuser ; s'il avoit agi autrement, il auroit vû beau jeu.

Mr. PLANTINET.

La peste ! Il fit bien d'en agir de même avec
une maitresse femme comme vous ; mais allons
Mesdames entrez au logis pour vous reposer,
tandis que je vais sçavoir de Thibaud mon Fermier... Ha, te voilà : Attends moy un moment,
je suis à toy.

LA BARONNE.

Volontiers Monſieur, ſuivez moy ma niece.

Mr. PLANTINET.

Et vous auſſi, ma fille.

SCENE III.

THIBAUD ſeul.

PAR ſanguienne nôtre maître a fait une belle trouvaille de cette vielle Baronne, par ma foy ce ſeroit là un biau couple, ſtapendant je ne ſçay ſi je lui dois déclarer la confidence que nôtre ménagere vient de me faire ; ſi je croyois en tirer plus de ſon côté que de l'autre, je m'y reſoudrois : enfin voyons à cela prez, quoiqu'il ſoit un tantinet ladre, quelque fois ce qui fait plaiſir rend les vilains liberals; mais le voici.

SCENE IV.

Mr. PLANTINET, THIBAUD.

Mr. PLANTINET.

HE bien, maître Thibaud, comment va la Maiſon pour le preſent ?

THIBAUD.

Pargué mieux qu'elle n'alloit auparavant : ratigué que j'en avons déniché des Rats & des Araignées.

Mr. PLANTINET.

Comment donc, eſt-ce que ma Maiſon étoit pleine de Rats & d'Araignées ?

THIBAUD.

Hé ventrediene ſi elle en étoit pleine; allez, ce grand beneſt de Cola qui étoit vôtre garde-maiſon avant moy vous l'avoit laiſſée en bel équipage.

Mr.

Mr. PLANTINET.

Je lui avois pourtant recommandé d'en avoir bien foin. Di-moi, tout eft-il bien en ordre prefentement? Les Sales, le Jardin, les Allées, le Parterre, les Orangers, & toutes mes fleurs. Ecoutez, maître Thibaud, je ne pretends pas que vous vendiez ny donniez aucune de mes fleurs, comme font de certains coquins de Jardiniers qui vendent tout ce qu'il y a de bon dans un Jardin, & c'eft le plus fouvent la caufe que le maître ne trouve pas ce qu'il a de befoin.

THIBAUD.

Acoutez, Monfieur, je ne fommes pas des fripons, & fi je ne fommes pas auffi riche que vous, j'ons l'honneur à garder. Si vous avez ce fcupçon là fur nous, baillez la garde de vôtre Maifon à qui bon vous femblera, entendez vous bien?

Mr. PLANTINET.

Ouy, ouy, j'entends bien; ne criez pas fi fort & parlons doucement fans vous emporter, Vous m'affurez que tout eft comme il faut?

THIBAUD.

He! je vous ai deja dit d'aller voir vous-même.

Mr. PLANTINET.

Non, non, il n'eft pas neceffaire, & je m'en rapporte bien à vous; comme j'attens bonne compagnie, je fuis bien aife que tout foit en état pour recevoir mon monde dans les formes.

THIBAUD à part.

Faifons femblance de rian fçavoir.

Tatigué, Monfieur, vous allez donc aujourd'huy mettre tout par écuelles, il faut que ce foit pour une bonne affaire, où vous trouviez

G

bian votre compte, car on sçait que vous êtes
un des plus intereſſez de votre cartier.

Mr. PLANTINET.

Je te réponds que ce que j'entreprens fera
du bruit, sur ma parole ; je veux encore une
fois faire parler de moi.

THIBAUD.

Pourroit-on ſans vous fâcher ſçavoir ce que
c'eſt ?

Mr. PLANTINET.

Pourquoi non ? C'eſt une choſe que je ne
pretens pas cacher : Tu ſçauras, mon pauvre
Thibaud, que j'épouſe Mademoiſelle Angelique, niece de Madame la Baronne, & je donne à ces conditions Eraſte en mariage à Madame la Baronne, pour Marianne je l'ai promiſe à Mr. Tatepoulx, le fils d'un fameux Medecin d'Angoulême qui n'a que lui d'enfans,
& le fait heritier de tous ſes biens après ſa
mort : Que dis-tu, Thibaud de cela ? J'ais pris
de bonnes precautions pour réuſſir dans tous
ces mariages. J'ai déja fait avertir M. de Bon-
ne-conſcience, Notaire, qui doit bien-tôt ſe
rendre ici.

THIBAUD à part.

Jarnié, la langue me petille de jaſer, j'ai
pourtant promis de n'en rian dire; mais voyons
comme tout ceci ira.

Mr. PLANTINET.

Qu'as-tu donc tant à ruminer, Thibaud, tu
parle tout ſeul entre tes dents.

THIBAUD.

Hé, c'eſt, Mr. que je reſve ſur ce que vous
venez de me dire, &, j'ai peine à croire qu'a-
vec toutes vos précautions vous en veniez à

bout; car je ſçavons certaines choſes là-deſſus, mais je n'en dirai rian, je l'ai promis, & vous ſçavez qu'en conſcience on doit garder le ſecret ſur certaines choſes , & ſurtout quand on payé pour cela ; vous en ſeriez de même, n'eſt-il pas vrai, Monſieur?

Mr. PLANTINET.

Non vraiment je n'en ſerois pas de même , je declarerois la choſe ſans interêt aux perſonnes à qui cela regarde , & tu devrois en conſcience me le declarer ſans pretendre de moi aucune recompenſe , pour témoigner l'amitié que tu as pour ton Maître.

THIBAUD.

Ho! oui parguè , d'amitié ; tenez, voyez-vous, Mr. Plantinet , vous êtes , par reverence parler , un tantinet trop ladre ; je vois que vous ſeriez bian aiſe de ſçavoir tout le miſtere ſans qu'il vous en coutât rien, & moi je ne ſuis pas de cet avis ; vous ne ſçaurez rien de moi, à moins que vous ne . . . . Hé , vous m'entendez bien.

Mr. PLANTINET.

Fort-bien , je vois que ſi je veux ſçavoir de lui quelque choſe, il faut que je joüe de la poche . . . Tien , voilà quatre louis-d'or ; Peux-tu jaſer à preſent ?

THIBAUD.

Voyons . . . Oïi , je vais vous en dire pour votre argent, mais à condition que vous n'irai pas dire que c'eſt moi, car je me dédirois de tout au moins , prenez-y garde.

Mr. PLANTINET.

Que cela ne t'embaraſſe pas , parle ſeulement en toute ſeureté.

THIBAUD.

Hé-bien, puisque vous me le promettez ;
voici ce que c'est. Vous sçaurez (ce n'est pas
par interêt au moins que je vais vous dire ceci.) que votre fils, votre fille, Mademoiselle
Angelique, Merlin, Marthon, & autres associez
avec eux, ont resolu de vous faire piece ; parce que... comme vous sçavez... ils preten-
dent que les choses qui ne sont pas dans les
formes... & que l'âge n'étant pas compe-
tant... il est impossible que jamais on puisse...
par la raison que... tout de même... par
exemple... Si vous étiez en leur place...
Et que moi qui vous parle... Je ne sçai par
la sangué où j'en suis, je m'enbrouille ; mais
en voilà deja trop pour vos quatre loüis-dor,
ils m'en on promis dix pour ne rian dire, &
vous en sçavez plus de la moitié, allons,
il y a conscience ; vous ne voudriez pas que
j'en perdis six, vous êtes trop raisonnable,
ainsi voyez si vous voulez me payer pour sçavoir le reste, autrement je ne dis plus rien.

Mr. PLANTINET.

Comment ? Te payer pour sçavoir le reste ;
est-ce que tu n'es pas content des quatre loüis
que je viens de te donner ?

THIBAUD.

Voilà, par la sangué, un biau venez-y-voir,
avec vos quatre loüis-d'or ; Hé ! ventre-dienne,
on m'en donne dix pour ne rian dire, & vous
voulez tout sçavoir pour quatre ? Non, tenez,
Mr. Plantinet, cela ne se peut pas en conscience, je voudrois bian vous faire plaisir, mais....

Mr. PLANTINET à part.

Ce maraut-là veut encore de l'argent. He-

bien, tien, voilà encore quatre loüis, dépêche
toi à m'apprendre de quoi il s'agit.

THIBAUD, *après avoir pris*
les quatre loüis.

Il faut, mordienne, que je vous aime diablement, & que je fois bian porté pour vous,
je perds dans cette affaire, par complaisance,
deux loüis-d'or, comme fi je les jettois dans
l'iau, mais ça se trouvera fur autre chose :
Or donc, pour revenir à la piece que l'on
veut vous faire : Votre fils, & tous les autres
que je vous ai nommé, ne font pas contens
de tous ces mariages que voulez faire ; ils
veulent bian, ventredienne, se marier, mais ils
veulent faire ces mariages à leur guise ; c'est-
à-dire, que votre fils que vous voulez marier
avec cette vieille Baronne, veut épouser Mademoiselle Angelique, & Mademoiselle Marianne, votre fille, que vous avez destinée pour
Mr. Tatepoulx, n'en veut point, son frere l'a
promise à Mr. Dorante en échange, c'est un
troc qu'ils font ensemble, pour vous, il vous
restera Madame la Baronne, si vous voulez vous
marier avec elle. Voilà tout ce que je sçavons
là-dessus ; prenez maintenant vos mesures.

Mr. PLANTINET.

Comment, ce coquin voudroit me joüer ce
tour-là ? Mais d'où as-tu pû sçavoir tout ce que
tu viens de m'apprendre, cela est-il bien vrai,
Thibaud ?

THIBAUD.

Est-ce que vous ne me croyez pas ? Il faut
bian que cela soit, puisque j'étois convenu
d'être de la partie.

Mr. PLANTINET.

Cela étant, je ne puis trop me hâter de songer à parer ces coups, & pour cet effet, je rentre chez moi ; ne tarde pas à me joindre, j'ai des ordres à te donner : Je vais envoyer la Fleur à la barque de Blaye attendre mon gendre qui doit arriver aujourd'huy, comme il me l'a marqué par sa lettre.

THIBAUD.

Allez, Monsieur, je vous suis. Fort-bien, voilà toûjours huit louis-d'or d'attrapez. Mais voici Merlin bien essouflé ; où va-t'il ?

SCENE V.

MERLIN, THIBAUD.

MERLIN.

SERVITEUR, Maître Thibaud, que faites-vous donc là tout seul ? Vous venez apparemment d'apprendre les sentimens de Mr. Plantinet sur ces mariages : Voudriez - vous m'en dire les circonstances au vrai ?

THIBAUD.

Ce sera donc pour une autre fois, car j'ai bien d'autres affaires presentement, serviteur.

MERLIN.

Je crois que nous aurons de la peine de tirer quelque service de ce gros magot : Mais voici Marthon, sçachons ce qu'elle aura fait de son côté.

SCENE VI.

MERLIN, MARTHON.

MERLIN.

HE-bien, ma chere, l'affaire a-t-elle réüſſi auprés de ta Maîtreſſe ?

MARTHON.

A merveille : Tien, en voilà l'effet.

Lui montrant une bourſe.

Il y a deux cens piſtoles dans cette bourſe pour ſubvenir aux beſoins de ton Maître : Où eſt-il ? Je l'ai cherché par toutes les allées du Jardin ; il faut qu'il ſoit quelque part caché avec ces Demoiſelles. Hé ! ah, les voici, ils ont fait bande-à-part, & ont laiſſé Mr. Planti-net avec Madame la Baronne.

MERLIN.

Ne fais ſemblant de rien en donnant cette bourſe à mon Maître, entens-tu ?

MARTHON.

Non, non, je ſçaurai prendre mon tems pour cela.

SCENE VII.

ERASTE, ANGELIQUE, MARIANNE, MERLIN, MARTHON.

ERASTE.

QUOY, charmante Angelique, voulez-vous toûjours garder cette ſombre triſ-teſſe où je vous vois aujourd'hui plongée ? Ne voulez-vous pas nous tirer de peine, en nous en aprenant la cauſe ? Si vous m'aimiez vous prendriez plaiſir à m'en faire part.

ANGELIQUE.

Comment ? Doutez-vous de ma tendresse &
de mon amour, qui sont les seuls sujets de mon
inquietude ? Je tremble à l'approche de tous
ces mariages que votre pere pretend faire contre nos sentimens : Vous jugez bien si cela me
doit faire plaisir.

ERASTE.

Que cela ne vous fasse aucune peine ; nos
affaires étant entre les mains de ces deux bra-
ves champions, ne peuvent que bien réüssir.

MERLIN.

Point tant d'éloges, Mr. vous verrez dans
peu l'effet de nos travaux glorieux : Mesdemoiselles faites toûjours semblant de souscrire
à tout ce qui vous sera proposé.

MARIANNE.

Oüi, mais en consentant à tout, nous serons obligées de signer notre infortune.

MERLIN.

Et moi je vous réponds que vous signerez
votre bonheur. Pour vous, Mr. continuez toûjours de même envers Madame la Baronne,
pour la faire mieux donner dans le paneau.

ERASTE.

Qu'à cela ne tienne ; mais que votre frere
tarde à venir, & à m'envoyer l'homme qui doit
m'informer de toutes choses à son égard. Sa
presence avanceroit nos affaires ; car mon pere, aussi-tôt que son pretendu gendre sera ici,
ne manquera pas d'envoyer chercher le Notaire pour dresser les contrats, & en ce cas-là
nous serions à plaindre.

MERLIN.

Pas tant que vous croyez, Mr. de Bonne-
conscience

conscience est de mes amis, & avec quelques
bouteilles de vin que nous vuiderons ensemble
& la piece au bout, je lui ferai bien faire les
choses comme je voudrai.

MARIANNE.

Merlin parle en homme de grand genie.

MERLIN.

Ha ! Mademoiselle, vous me confusionnez,
& je me donne au diable si . . .

SCENE VIII.

ERASTE, ANGELIQUE, MARIANNE,
MERLIN, MARTHON, JACQUINET,
FINETTE.

JACQUINET, *courant aprés Finette.*

COUR, cour tant que tu voudras je t'at-
traperai bien.

FINETTE,

se mettant entre Marianne & Angelique.

Tenez, Mesdemoiselles, voilà mon frere qui
veut m'ôter une piece de vingt-cinq sols qu'un
Monsieur vient de me donner, ayez la bonté
de l'en empêcher.

JACQUINET.

C'est une menteuse, Mesdemoiselles, ne la
croyez pas, je n'en veux que la moitié.

MARIANNE.

Comment donc, petite fille, qui vous a
donné cette piece ?

FINETTE.

C'est un jeune Monsieur qui est là-haut dans
la chambre de ma sœur qui fait colation avec
elle qui me l'a donné, pour n'en rien dire à
mon pere,

H

MERLIN.
Ah ! cela est juste.

JACQUINET.
Hé-bien, petite effrontée, est-ce que je ne vous donnai pas avant-hier la moitié de ce que ces Messieurs qui passerent la journée à la maison avec ces deux Demoiselles, m'avoient donnez.

MARIANNE.
Allons, Jacquinet a raison il faut partager avec lui comme il fait avec vous.

FINETTE.
Ho ! pour cela je n'en ferai rien, il n'a pas l'esprit de le meriter comme moi ; car je fais si bien le guet quand ces Messieurs sont avec ma sœur, & je les avertis si à propos, qu'ils ne sont jamais surpris par personne, & c'est pour cela que je suis plus consideréé que lui, & cela me vaut plusieurs petits presens, que je ne pretends point partager avec lui ; quoi qu'il soit mon aîné, il n'est pas encore assés rusé, il faudroit qu'il vint à mon école en fait de telle gentillesse.

JACQUINET.
Pour vous, Madame la petite morveuse, on sçait bien que vous avez la langue mieux afilée que moi, mais....

FINETTE.
Mais... Voyez donc ce grand morveux, pour m'appeller petite morveuse, vraiment je vous le conseille.

MERLIN.
Tout-bau allons point de dispute entre vous deux, il faut s'accorder ensemble, Finette, il faut partager avec votre frere, autrement

je m'en vais declarer tout le miftere à votre pere, & vous n'aurez rien du tout.

JACQUINET.

Et moi auffi j'y vais.

FINETTE.

Non pas cela, vous feriez caufe que mon pere gronderoit ma fœur, j'aime mieux lui en donner la moitié.

MERLIN.

Hé-bien, retirez-vous, & dites à votre pere que Mr. & moi voulons lui parler, qu'il nous attende chez lui.

Tous deux enfemble.

Oüi, Mr. Merlin. Allons vîte.

SCENE IX.

ERASTE, ANGELIQUE, MARIANNE, MERLIN, MARTHON.

ANGELIQUE.

JE vous affûre que voilà deux enfans qui donneront de la tablature à leur pere.

MERLIN.

Monfieur, voulez-vous m'en croire; que ces Dames rentrent au logis, nous allons les fuivre.

MARIANNE.

Merlin a raifon : Rentrons, ma chere.

ERASTE.

Je ne ferai pas long-tems à vous rejoindre.

SCENE X.

ERASTE, MARTHON, MERLIN.

MERLIN.

MONSIEUR, voilà l'aimable Marthon qui va vous témoigner les bons senti-mens où elle est pour vous.

ERASTE.

Que je t'aurai d'obligations, ma chere en-fant, & par où puis-je reconnoître ?

MARTHON.

Laissons tous ces complimens pour une autre saison. Tenez, voilà le meilleur ; il y a dans cette bourse deux cens pistoles, que Madame la Baronne m'a donné pour vous remettre ; songez à l'en remercier quand vous la verrez ; je lui ai fait accroire que vous vouliez bien vous mettre pour lui faire honneur ; ainsi me-hagez-la : pour moi je me retire, de peur qu'elle n'ait besoin de moi. Tu m'aprendras, Merlin, toutes choses ; & surtout songe aux cent pistoles promises.

MERLIN.

Je t'en réponds, Monsieur, allons un mo-ment à la Rose, pour convenir sur de certains articles qui vous sont de grande conséquence. Votre pere me veut charger d'un petit diver-tissement pour les nôces ; ainsi j'ai besoin de ma tête & de l'argent pour exécuter mon des-sein. Je vais me consulter un moment avec une bouteille, afin de mieux réussir : Venez, Monsieur.

Fin du second Acte.

ACTE III.

SCENE PREMIERE.

MERLIN, *sortant de la Rose.*

PARBLEU, ce Hôte de la Rose a d'excellent vin, & qui donne de la memoire. Ha, Ha! Qui sont ces nouveaux débarquez? la Fleur est avec eux: Je croi, le diable m'emporte, que c'est l'Angoumoisin que nous attendons; mais quel est ce Sergent? voyons.

SCENE II.

Mr. TATEPOULX, LA TAILADE, MERLIN, LA FLEUR.

LA FLEUR, *portant un sac.*

DITES-moi, Mr. Merlin, Mr. Plantinet est-il au logis? Je suis bien las d'avoir apporté ce sac de si loin.

MERLIN.

Va le porter à la Rose pour te délasser, & fai tirer bouteille, nous allons te suivre.

LA FLEUR.

Pour la bouteille, je ne la refuse point, car j'ai bien soif.

MERLIN.

Va vite. Hé! mais que voi-je? Est-ce le sieur ami Frontin?

TATEPOULX.

Vous vous trompez au moins, Mr. s'appelle le

I

ſieur de la Taillade, n'eſt-ce pas ? Ho ! je m'en ſouvien bien. Au-ça où eſt ici que demeure Mr. mon beau-pere ? Car il faut que je le voye au plus vîte ; & j'ai une belle grande lettre à lui donner de la part de Mr. mon pere qui eſt en bonne ſanté , & ravi de mon mariage. Allons donc.

MERLIN.

Un petit moment , nous allons vous y conduire, entrez pour un inſtant dans le prochain cabaret , à la Roſe , demandez une chambre pour changer , afin d'être plus propre devant votre Maîtreſſe : Sçavez-vous bien Mr. qu'il faut paroître dans un autre équipage que vous n'êtes ; & ſi Mademoiſelle Marianne vous voit de même elle aura peur de vous , & croira que vous portez le deüil de quelque malade que votre pere aura fait crever par ſes ordonnances : Voulez-vous me croire , mettez-vous en habit guerrier , elle les aime à la folie ; ce ſera le vrai moyen pour lui plaire.

TATEPOULX.

C'eſt bien dit , mais je n'en ai point , où voulez que j'en prenne à preſent ?

MERLIN.

Qu'à cela ne tienne , voilà Mr. de la Taillade qui s'en charge ; allez toujours nous attendre où je vous ai dit.

TATEPOULX.

Je m'en va donc vous y attendre.

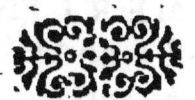

SCENE III.

MERLIN, LA TAILLADE.

MERLIN.

HE! di-moi un peu; comment as-tu quitté Marseille, dans un tems où l'on avoit tant de peine d'en sortir: J'ai tremblé pour toi, car on publioit que l'on en avoit pendu nombre de ta sorte, & je croyois que tu fusse de ceux-là.

LA TAILLADE.

Non pas, s'il te plaît, & je m'en suis tiré fort adroitement, comme tu vois.

MERLIN.

Oüi, je vois bien; & par quelle avanture t'es-tu mis Sergent?

LA TAILLADE.

Je vais en peu de mots t'en instruire: Me trouvant à Paris avec bien peu de finance, & la reputation qui couroit de ce fameux Capitaine d'une Compagnie d'honnêtes gens, nommé Cartouche, m'avoit fait prendre envie de m'y mettre; mais un de mes amis que j'avois connu sur les Galeres m'en détourna heureusement, & je pris parti dans la Compagnie de l'Officier avec qui je suis, brave homme, nommé Mr. Dorante, qui m'a d'abord honnoré d'une halebarde, & j'ai une lettre à rendre à un de ses amis; je crois que c'est à Eraste.

MERLIN.

Justement; c'est mon Maître; mais instrui-moi par quelle avanture te voilà avec notre Rival?

LA TAILLADE.

Ho ! pour celle-là elle est fortunée au sujet de ton Maître, à qui mon Capitaine veut rendre service.

MERLIN.

Hé ! comment ? explique-moi cela.

LA TAILLADE.

Je le veux : Tu sçauras que nous avons engagé le sieur Tatepoulx par finesse dans notre Regiment, & je crois que cela ne vous sera pas nuisible.

MERLIN.

Non vraiment ; mais si tu veux m'en croire, va rejoindre notre homme & ne le quitte point; boi toûjours & mange avec lui, en m'attendant : mais donne-moi auparavant la lettre que tu as pour mon Maître, que j'aille vite la lui rendre.

LA TAILLADE.

Tien, la voilà, & je cours t'attendre auprés de la bouteille.

MERLIN.

Et moi annoncer cette bonne nouvelle à Mr. Eraste ; mais le voici fort à propos.

SCENE IV.

ERASTE, MERLIN.

ERASTE.

HA ! te voilà, Merlin ; j'étois dans une grande impatience de toi.

MERLIN.

Rejoüissez-vous, Monsieur, la fortune se declare aujourd'huy pour vous : Tenez, voyez cette lettre au plus vite, elle vous instruira de tout.

ERASTE *lit tout bas.*

Quel bonheur pour nous ! Tout seconde nos souhaits ; Dorante arrivera bien-tôt, & il m'envoye son Sergent avec notre Medecin d'Angoulême, voila ce qu'il me marque par sa lettre,

MERLIN.

Cela est vrai, car ils sont à la Rose ensemble, & la Fleur doit bien-tôt conduire Mr. Tatepoulx chez votre pere, mais non pas en habit de Medecin.

ERASTE.

He ! comment ? Veux-tu qu'il paroisse autrement qu'avec l'habit que son pere veut qu'il porte ?

MERLIN.

Pour celui-là, il sera assez tems qu'il le porte lorsque nous l'aurons renvoyé chez lui ; mais pour ici il paroîtra, s'il lui plait, en habit de Goujat : mais retirez-vous, je dois attendre ici votre pere qui veut me donner ses ordres pour regler le divertissement dont il veut, comme vous sçavez, regaler la compagnie : De plus, j'ai à converser avec le Tabellion ; ainsi laissez-moi seul. He ! ah, Mr. je crois que c'est Mr. Dorante.

ERASTE.

Tu ne te trompe point, c'est lui-même, il faut que j'aille l'embrasser.

MERLIN.

Oui, mais point de long compliment, je vous en avertis : que je puisse être en liberté.

ERASTE.

Un moment, & c'est fait;

SCENE V.

DORANTE, ERASTE, MERLIN.

ERASTE, *embraffant Dorante.*

HE! mon cher ami, que j'ai de joye de te
voir : je t'affure que ta prefence va rendre ici une allegrefle parfaite.

DORANTE.

J'en fuis ravi ; je me ferois rendu ici
plûtôt, mais j'étois bien aife de finir des affaires qui regardoient ma Compagnie ; mon
Sergent doit t'avoir informé de ce que j'ai
fait.

MERLIN.

Oüi, Monfieur : Voici votre pere avec la
Baronne ; menez Monfieur par la petite porte
voir ces Demoifelles ; vous ferez en liberté de
faire tant de complimens que vous voudrez ;
pour moi je vais les attendre ici de pied fer-
me.

ERASTE.

Allons, & tâchons de n'être point vûs.

SCENE VI.

Mr. PLANTINET, LA BARONNE, MERLIN.

Mr. PLANTINET.

ENFIN, Madame, c'eft aujourd'huy que
tout confpire à nôtre bonheur, la joye
va regner dans ce lieu ; & fi mon gendre pretendu étoit arrivé, nous n'aurions plus rien à
attendre : On m'avoit voulu perfuader que
l'on tramoit quelque chofe contre nous tou-
chant ces mariages, mais cela eft faux, je

m'en suis informé, & mes enfans sont trop
bien nés, pour contrevenir aux ordres de leur
pere ; mais parlez-moi un peu ; que dites-vous
de l'entretien que vous avez eu avec Eraste?

LA BARONNE.

J'en suis, je vous assure, charmée, le joli
garçon que vous avez là : Comment fites-vous
pour si bien réussir, car vous n'etes pas des
plus ragoutans au moins, he ?

Mr. PLANTINET.

La peste, ma défunéte étoit une gaillarde
des plus fringantes des Chartrons, & autrement tournée que vous, Madame.

LA BARONNE.

Que moy, que moy : Ho! il faudroit que
je l'eusse vûë pour le croire : Que moy.

MERLIN.

Mr. Je viens vous apprendre que j'ai trouvé
nombre de Chanteurs, Chanteuses, Danseurs,
Danseuses, & Symphonistes pour le Divertis-
fement que vous m'avez demandé.

PLANTINET.

Oüi, mais il n'en faudra pas un si grand
nombre, car cela nous mettroit dans de trop
grands frais.

MERLIN.

Non non, Monsieur, je prens seulement
tous ceux que je viens de dire ; c'est un petit
débris de l'Opera, qui ne faisant rien pour le
présent, seront bien aise de gagner quelque
bagatelle pour aider à payer leur gîte ; une
demi pistole les menera une douzaine de jours,
pourveu qu'ils ayent le ventre plein pendant
les nôces.

Mr. PLANTINET.
Mais il me semble que c'est beaucoup.

MERLIN.
Laissez-nous faire moi & votre fils, ce sont nos affaires pour le payement.

Mr. PLANTINET.
C'est assez. Ecoute, Merlin, va dire à Mr. de Bonneconscience qu'il songe à dresser ces contrats comme il sçait ; mais tu entens cela, tu me l'as dit.

MERLIN.
Sans doute ; & quand l'on a été comme moi clerisé chez un fameux Notaire, on doit sçavoir la Pratique de la bonne maniere ; ne vous mettez en peine de rien, & laissez-moi seulement vos interêts entre les mains, vous serez content.

Mr. PLANTINET.
Va chez lui, & faites ensemble les choses comme il faut, je m'en remets à ce que vous ferez, sans adieu.

MERLIN.
Jusqu'au revoir...

SCENE VII.
Mr. PLANTINET, LA BARONNE.
LA BARONNE.
VOILA, je vous avoüe un Domestique bien porté pour vous, il faudra bien que nous le recompensions de ses peines.

Mr. PLANTINET.
Mon fils aura soin de cela : Mais qu'est ceci ? Voilà la Fleur qui sort du cabaret avec un spece de soldat.

SCENE

SCENE VIII.

Mr. PLANTINET, LA BARONNE,
TATEPOULX, LA FLEUR.

Mr. PLANTINET.

QUE vien-tu de faire dans ce cabaret?
Ne t'avois-je pas dit d'aller voir sur la
Riviere si Mr. Tatepoulx étoit arrivé?

LA FLEUR.

Oüi, Mr. le voilà qu'il vient.

Mr. PLANTINET.

Tu te mocque, je crois, qui? Ce poliſſon-là?

TATEPOULX.

Dame oüi, c'eſt bien moi, & ſi vous me
voyez avec cet habit, c'eſt que mes amis me
l'ont conſeillé, diſant que je vous plairois
mieux, & que votre fille, mon épouſe future,
ſeroit ravie de me voir dans cet équipage : ne
ſuis-je pas bien en Guerrier, qu'en dites-
vous? He-bien, vous me direz cela une autre
fois ; tenez, voilà la belle lettre que mon bon
pere vous envoye, liſez vîte, que nous aillons
voir ma maitreſſe ; car je ſuis preſſé de l'em-
braſſer.

Mr. PLANTINET.

Ne ſoyez pas ſi preſſé, elle ne demeurera
pas long-tems à venir. (*liſant*) Oüi, voilà
le ſeing & l'écriture de votre Pere ; mais vous
êtes fol de vous être laiſſé équiper de cette
ſorte.

TATEPOULX.

Bon, bon, n'y a pas grand mal à cela, &
quitte pour changer d'habit aprés : Vous me
connoiſſez donc à preſent.

K

Mr. PLANTINET.

Oüi, oüi. La Fleur, va au logis dire à ces Demoiselles & à Eraste de venir : Ha ! voici Marthon qui vient sans doute nous apprendre quelque chose de nouveau. He-bien, Marthon, que vien-tu nous dire ?

SCENE IX.

Mr. PLANTINET, LA BARONNE, TATEPOULX, MARTHON, LA FLEUR.

MARTHON.

JE viens, Mr. vous avertir que Mr. Dorante est chez vous.

Mr. PLANTINET.

Chez moi ? Et nous ne l'avons point vû passer par ici ; il aura pris par derriere, n'importe : La Fleur cour vite prier tout le monde de se rendre ici. Pour le present, Madame, nous voilà hors de peine, & tout se va terminer.

LA BARONNE.

Sans doute, & l'arrivée de mon neveu va mettre le comble à nos souhaits : Vous verrez le joli garçon, aussi bien fait qu'aucun du pays, sage, doux, honnête, civil, fort complaisant, & qui consentira sans peine aux alliances que nous avons projettées; vous verrez un peu son obéïssance d'abord que je parlerai.

Mr. PLANTINET.

Tant mieux, c'est ce que je souhaite : Bon, les voici.

MARTHON, *à part*

Que nous allons dans peu voir bien du grabuge.

SCENE X.

Mr. PLANTINET, TATEPOULX, DORANTE, ERASTE, LA BARONNE, ANGELIQUE, MARIANNE, MARTHON.

Mr. PLANTINET.

MON cher futur beau-frere, que je vous embrasse de grand cœur...

LA BARONNE.

Et moi aussi, mon cher neveu.

MARTHON, *à part.*

Que d'embrassemens à contre-tems, sans sçavoir ce qui va arriver.

DORANTE.

Que vos embrassemens me sont agréables: He! serviteur à Mr. Tatepoulx; il faut que je l'embrasse aussi pour le féliciter de son heureuse alliance: Allons, sans façon, petit parent. *Il le serre si fort, qu'il le fait crier.*

TATEPOULX.

Doucement, hé doucement, petit parent, vous m'étouffez par trop de parenté. Peste, vous avez dans les bras de forts parens.... Houf...

DORANTE.

C'est ainsi qu'on en use avec ses amis. He, dites, Mr. Plantinet, les nôces s'apprêtent-elles?

Mr. PLANTINET.

Nous n'attendions que votre arrivée pour conclurre & mettre tout en joye.

DORANTE.

Puisque ma venuë met le comble à la joye,

Ifa, voyons de quoi il s'agit.

Mr. PLANTINET.

Il s'agit de figner aux contrats que j'ai fait drefler chez de Tabellion qui va se rendre en ce lieu ; Merlin eſt allé pour les lui dicter, & comme il entend cela, je m'en fuis remis à ſa conduite.

DORANTE.

Vous avez fort bien fait, & Merlin a de l'eſprit ; il ne manquera pas de bien ménager vos intérêts.

Mr. PLANTINET.

Hô ! pour cela je le crois ; c'eſt pourquoi je fignerai aveuglément ce qu'ils auront fait, & après on en fera lecture, & s'il y a quelque chofe qui repugne, il fera aifé de le reformer.

DORANTE.

Cela eſt vrai : Voyons ſi... Ha ha, voici Merlin avec votre Tabellion.

Mr. PLANTINET.

Juſtement ; avancez, Mr. de Bonneconſcience ; Les Contrats font-il dreſſez ?

SCENE XI.

Mr. PLANTINET, TATEPOULX, DORANTE, ERASTE, BONNE-CONSCIENCE, MERLIN, LA BARONNE, ANGELIQUE, MARIANNE, MARTHON.

BONNE-CONSCIENCE.

OUI, dans mon Regiſtre ; & voilà ceux qui doivent vous reſter, après que toutes les parties intereſſées auront fignées.

PLANTINET.

Ne perdons point de tems, fignons tous.

MERLIN

MERLIN.

Voulez-vous que la lecture en soit faite auparavant ?

Mr. PLANTINET.

Non, non, on la fera toûjours bièn, je vais vite signer de peur de quelque refus ; donne le mien avant... Et ventre-bleu je n'ai pas mès lunettes, n'importe, je m'en passerai, donne, *Plantinet.* : Tenez, voilà bien signé ; à vous, Madame.

LA BARONNE.

Pour moi cela est bien-tôt fait.... A vous mon neveu.

DORANTE, *regardant Merlin, qui lui fait signe de signer.*

Je signe aveuglément.

MERLIN, *à Dorante, bas.*

Vous signez pour Mr. Plantinet avec la Baronne.

LA BARONNE.

Faites vîte, ma niece.

ANGELIQUE.

Quoi, moi aussi ?

MERLIN.

Oüi, signez tous & vous serez contens, l'un après l'autre, vous Mr. Erafte, & vous Mademoiselle. *Erafte & Marianne signent.*
Aux autres, vîte, que l'on se hâte, le tems presse ; Mr. Plantinet, allons, pour Erafte.

Mr. PLANTINET.

Tien, c'est fait.

MERLIN.

A vous Mr. Erafte... A vous Madame....
Mr. Dorante... Mademoiselle Angelique. Et deux ; au reste, encore un coup de plume, &

L

tout fera fini. C'eſt encore à vous l'honneur ;
pour votre fille.

Mr. PLANTINET.

Tu as parbleu raiſon ; donne, dépêche . . .
A vous tous preſentement.

*La Baronne ſigne, enſuite Dorante, Marianne,
Eraſte & Angelique.*

Mr. PLANTINET.

Cela eſt comme je l'ai ſouhaité, ne ſongeons
à preſent qu'à nous divertir.

TATEPOULX.

He, dites-moi, beau-pere pretendu, vous
avez bien tous ſignez, & quand ſignerai-je le
mien ?   Mr. PLANTINET.

Le votre eſt dreſſé & ſigné de la famille.

TATEPOULX.

Fort-bien, mais j'ai ouy dire à mon pere
qu'il faut que le futur époux ſigne : Je ne ſuis
donc rien, n'ayant pas ſigné.

MERLIN.

Vous ſignerez quand on vous mariera, entendez-vous ?

Mr. PLANTINET.

Comment donc, Merlin, eſt-ce que tu n'as
pas fait dreſſer un contrat pour Mr. avec Marianne ? pour qui eſt donc ce troiſiéme ? Parle.

MERLIN.

Il eſt pour Mr. Dorante, qui veut bien vous
faire l'honneur d'être votre gendre.

Mr. PLANTINET.

Mais n'ayant point apris les ſentimens de
Mr. pour ma fille, je l'ai promiſe à Mr. qui a
fait le voyage d'Angoulême ici tout exprés.

MERLIN.

He-bien, qu'il s'en retourne tout exprés.

Mr. PLANTINET.

Mais voyez un peu comme il raisonne :
Voyons, voyons les autres.

MERLIN.

Tenez, voilà le votre, il est en beau carac-
tere, & bien facile à lire ; lisez-le.

Mr. PLANTINET, *tirant ses lunettes.*

Donne : Ha ! bon, j'ai trouvé mes lunettes.
Il lit. Contrat de mariage entre Maître Paul
Plantinet, Banquier de cette ville, & noble
Dame Halix Janette, Baronne de Boissec,
veuve de feu Sire Jean-Gilles, Baron de Boissec.

LA BARONNE.

Que veut dire ceci ? Je vous trouve bien
hardi, Mr. le fripon de Tabellion, de marier
ainsi les gens sans leur consentement : Qui
vous a dit de m'allier à un homme décrepit
comme Monsieur ?

Mr. PLANTINET.

Messieurs les fourbes, vous n'étes pas où
vous croyez ; & nous trouverons les moyens
de rompre tout ceci, & de vous punir de toutes vos fourberies.

MERLIN.

Vous punirez donc toute votre famille. Tenez, Mr. Eraste, voilà le votre qui vous lie
avec Mademoiselle Angelique.

Mr. PLANTINET.

Ha ! maudit fourbe, m'ôter Angelique ? Je
ne sçai. . . .

MERLIN.

He, Mr. ne vous fâchez pas tant, vous ne
le serez pas dans la suite.

Mr. PLANTINET.

Comment, malheureux ? Mais que nous veut

cet yvrogne-cy?

DORANTE.

C'est mon Sergent, Monsieur.

SCENE XII.

Mr. Plantinet, Tatepoulx, Eraste, Dorante,
Bonne-conscience, la Baronne, Angelique,
Marianne, Marthon, La-Taillade, Merlin.

DORANTE.

OU va-tu si vite, La-Taillade?

LA TAILLADE, *yvre.*

Ha, ha! c'est vous, mon Capitaine: D'où
diable venez-vous? Je vous cherche de tous
côtez pour des affaires de grande importance.

DORANTE.

Comment donc? Quel affaire? Ho! soutien-
toi, te voilà joli garçon. Pourra-tu me dire
ce qu'il y a de nouveau?

LA TAILLADE.

Et pourquoi non? Croyez-vous, parce que
je suis venu dans votre Compagnie sage comme Caton, & que le Regiment m'a mis au
rang des biberons, que je perde la raison &
la mémoire? Suffit. Voyez cette petite lettre,
elle vient d'un de vos amis du Regiment; lisez
vite, afin que j'execute vos ordres; car je
suis diablement vigilent pour le service du
Roy.

DORANTE lit.

Mon cher ami je te prie de faire partir ton
Sergent avec le nommé Tatepoulx, Soldat de Re-
cruë, engagé à Blaye dans ma Compagnie; com-
me nous esperons de passer bien-tôt en revuë, il
faut l'équiper de tout, & lui montrer l'exerci-
ce avant la revuë de l'Inspecteur General.

LA TAILLADE.

Voyez-vous, Mr. Revûë generale, par ce mot, Inspecteur General. Où est ce benêt-là ? Que je me charge de sa conduite. Ha, le voilà : Marche à moi.

DORANTE.

Dans un moment, pour cause.

LA TAILLADE.

Sçavez-vous bien, mon Capitaine, qu'il n'y à que vous qui puissiez m'empêcher d'executer les ordres du Roy.

DORANTE.

Ce sont mes affaires, Mr. de La-Taillade, ne vous en mettez point en peine, nous ferons tout ce qu'il faudra faire pour cela.

LA TAILLADE.

Ho! parsanbleu, je n'en doute point, & vous n'êtes par novice là-dessus. Touche là, hé, Franche-montagne : hé touche donc, n'es-tu pas ravi d'avoir un Sergent comme moi pour ton parain ? Tu as, morbleu, le plus beau nom du Regiment ; n'en es-tu pas bien aise ? Di ; répon donc. *Il le pousse rudement.* Maugrebleu, mon Capitaine, nous avons là un sot benêt dans le Regiment ; il faudra bien qu'il change sur ma parole, si nous en voulons faire quelque chose.

MERLIN.

Ma foi, je crois qu'il ne sera qu'un sot tout le tems de sa vie.

LA TAILLADE.

Oüi, tu crois cela, Merlin ; & moi je veux le rendre, avant qu'il soit quinze jours, aussi sçavant que moi dans l'exercice militaire, ou je l'assommerai, comme un âne, à grands coups de halebarde. Ça, mon Capitaine, voulez-vous me donner de la criste, que je parte.

TATEPOULX.

He, Mr. mon défunt beau-pere; vous voyez que vous êtes la cause de tout ceci, m'ayant fait venir ici, ayez pitié de moi, & ne me laissez pas conduire dans ce Regiment, où je ne pourois rien faire.

LA TAILLADE.

Qu'appellez-vous, rien faire, on vous fera recevoir Medecin Major du Regiment; mais sur-tout vous donnerez des Ordonnances bien fidéles, afin que nos soldats guerissent sur le champt; car si malheureusement vous en faisiez crever quelqu'un, vous passeriez, le diable m'emporte, tout aussi-tôt par le Conseil de Guerre, prenez-y bien garde.

Mr. PLANTINET.

Ho-ça, Mr. Dorante, ou mon gendre, puisque vous voulez l'être par force, il faut que vous me prouviez ici le zéle que vous avez à me rendre service.

DORANTE.

Vous n'avez, Mr. qu'à commander; vous êtes le maître de tout ce qui peut être en mon pouvoir, trop heureux de trouver une occasion si favorable, pour vous le témoigner.

Mr. PLANTINET.

Commander, c'est trop; mais je vous prie de nous dire comment nous pourions faire pour dégager Monsieur.

LA TAILLADE.

Avec la permission de mon Capitaine; tenez, voici le meilleur & le plus seur remede; vous ami, Mr. Damon, son Capitaine, a grand besoin d'argent, que Mr. lui donne seulement cinq ou six cens pistoles, pour remettre en pied sa Compagnie, il sera bien-tôt tiré d'embarras, sur ma parole.

Mr. PLANTINET.

Comme diantre il y va, avec ses cinq ou six cens pistoles : Se mocque-t'il de nous? Il croit apparemment qu'il n'y a qu'à se baisser & en prendre.

DORANTE.

Non, non, j'en fais mon affaire; mais en revanche, Mr. j'attends de vous une autre grace; Mr. Tatepoulx est libre dés à present, accordez-moi pour faveur & genereusement, vous & ma Tante, l'alliance de votre fils avec ma sœur, & ratifiez avec plaisir les contrats que nous venons de passer, nous vous en supplions tous. *Ils se jettent à leurs genoux; & La-Taillade fait tomber Tatepoulx.*

LA BARONNE & Mr. PLANTINET, *ensemble.*

Levez-vous.

Mr. PLANTINET.

Ho-ça, Madame la Baronne, vous voyez ce que votre neveu vient de faire pour m'obliger; je ne puis lui refuser ce qu'il me demande, ne lui le refusez pas non plus; & à mon exemple, souscrivez à tout.

LA BARONNE.

Eraste me tient bien au cœur, après ce que j'ai fait pour ce petit ingrat. Ho! il s'en souviendra.

MERLIN.

Il faut tout oublier dans cette journée, & ne penser qu'à nous divertir : Achevez donc le

reſte, Madame , & prenez Mr. Plantinet pour
votre époux , vous ſerez contente de lui , ſur
ma parole.

LA BARONNE.

C'eſt dont je doute fort ; à cela près , pour
le peu de tems qu'il peut avoir à vivre , je le
le prens , & le fais Baron de Boiſſec de ſon
vivant.

Mr. PLANTINET.

Bon , bon , tout coup vaille , me voilà donc
baronniſé ; mais voici Thibaud , que vient-il
nous apprendre ?

SCENE XIII.

*Mr. Plantinet, Dorante , Eraſte , Tatepoulx ,
la Baronne, Angelique , Marianne, Marthon,
Merlin , La-Taillade , Bonne - Conſcience ,
Thibaud.*

THIBAUD.

HE ! ventredienne , Mr. que faites-vous
ici ? Venez , venez voir le biau tapage
que l'on fait dans votre maiſon, il y a , par-
laſangué, plus de deux charretées de Monſieurs
& de Damoiſelles , qui ſont venus , diſont-ils ,
pour chanter à vos nôces; ils ont toute la mine
d'être de ces brailleurs de l'Opera , enfin, venez voir. Il y a encore un diable chargé de
Violonneux à la Roſe , qui crient comme des
poſſedez , pour ajuſter leur Muſique enſemble.

MERLIN.

Je ſçai tout cela. Mr. c'eſt ce débris de l'O-
pera , dont je vous ai parlé tantôt pour le di-
vertiſſement de la nôce , qui vient ſe rendre
ici , & ſi ces Demoiſelles veulent m'en croire,

elles

elles iront, avec Thibaud & Marthon, se joindre à eux, pour en augmenter le nombre, & le divertissement sera complet.

THIBAUD.

Vous avez, morgué, raison, Mr. Merlin; allons, Mesdemoiselles, nous mettre dans la Compagnie Musicale : Vous m'allez, mordienne, voir terriblement bian demener, allons.

ANGELIQUE & MARIANNE, *ensemble*;

Allons.

MERLIN.

Et vous Mr. de Bonne-conscience, allez porter toutes ces écritures dans votre étude, & revenez si vous voulez prendre part au divertissement.

SCENE XIV.

Mr. Plantinet, Tatepoulx, Dorante, Eraste; la Baronne, La-Taillade, Merlin, Finette.

MERLIN, *embraßant Finette.*

OU allez vous si vite, la belle fille ?

FINETTE.

Ho-ça, Mr. Merlin, vous voilà-t'il pas toûjours avec vos manieres étourdies ; pour un garçon de votre âge, vous êtes si badin, que ma sœur & moi sommes obligées de nous cacher si-tôt que nous vous voyons venir de loin. Tenez, je vous prie, voyez comme il m'a décoiffée : Allez embrasser vos maîtresses, & me laissez en repos.

Mr. PLANTINET.

Fort bien; mais que veniez-vous nous dire ? Parlez, & laissez-le,

FINETTE.

Je venois, Mr. vous demander, de la part de mon pere, à quelle heure vous voulez que l'on serve le repas ?

Mr. PLANTINET.

Entre huit & neuf. Retiendrez-vous bien, la belle enfant ?

FINETTE.

Ho ! que oüi, Mr. je retiens bien des choses de plus grande consequence. A propos, Mr. Merlin, si vous ne venez au logis empêcher ces Racleurs de tant boire & de crier comme ils font, mon pere les jettera dehors, il y en a deja qui font faouls comme des cochons, ainsi venez-y mettre ordre. Je suis votre servante.

MERLIN.

Oüi, oüi ; je m'en y vais. La bonne petite piece ; mais il faut que je songe à empêcher que la Symphonie n'acheve pas de s'enyvrer, car c'est assez l'ordinaire de ces Messieurs de l'Opera, & sur-tout quand il ne leur en coûte rien : Ho, ho, j'entens déja préluder ; allons, Messieurs, nous mettre à leur tête, pour en augmenter la joye & le divertissement.

Le Divertissement commence.

F I N.

www.ingramcontent.com/pod-product-compliance
Lightning Source LLC
Chambersburg PA
CBHW071250210626
46818CB00013B/723